CONTANDO NUBES

CONTANDO NUBES

Núria Pradas

Adaptación de Meritxell Subirana
Ilustraciones de Rocío Iriarte

la mar de fàcil
editorial

Primera edición: marzo 2024

Adaptación a Lectura Fácil: Meritxell Subirana
Revisión Lectura Fácil: Elisabet Serra Casanovas
Traducción: Arnau Diéguez Casals
Ilustraciones: Rocío Iriarte Gahete

La Mar de Fàcil, S.L.
C/ Neopàtria, 93, local
08030 Barcelona
www.lamardefacil.com

Depósito legal: B 5670-2024
ISBN: 978-84-18378-94-2
Impreso en Podiprint

LF

Este logo identifica los materiales que siguen las directrices internacionales de la IFLA (International Federation of Library Associations and Institutions) para personas con dificultades lectoras.
Lo otorga la Asociación Lectura Fácil
Para más información: www.lecturafacil.net

ÍNDICE

PRIMERA PARTE

BUSCANDO LA PAZ

CAPÍTULO 1

Después de haberme pasado tres meses en el hospital
a raíz de un accidente de coche,
en enero, los médicos me dijeron que lo peor ya había pasado
y que podía volver a casa.
También me dijeron que tendría que ir a rehabilitación[1]
para recuperar el movimiento del brazo derecho.
Sin embargo, nadie me explicó cómo recuperar la sonrisa.
Así que me encerré en casa
y solo salía para ir a rehabilitación.

Todos me decían que tenía que volver a hacer vida normal,
pero ¿cómo puedes volver a la normalidad
cuando alguien a quien quieres ha muerto?
Todo me recordaba a David, mi novio,
a quien había perdido en aquel accidente de coche
en el que por poco yo también me dejo la vida.
Y ojalá hubiera sido así.

Ya no me apetecía hacer nada y todo me molestaba:
los silencios respetuosos de mis padres y de mi hermana,
su falsa conversación alegre
para intentar distraerme...

1. Ejercicios para recuperar la movilidad del cuerpo.

Mi familia hacía cualquier cosa para intentar que hablara,
pero yo estaba encerrada en mi silencio.
Por eso me llevaron al psiquiatra,
quien me recetó una medicación para animarme,
aunque no sirvió de nada.

Lo único que consiguió la medicación
es que durmiera alguna noche,
pero, cuando dormía, tenía unas pesadillas terribles.
Al fin y al cabo, lo que me ocurría no se podía arreglar.
Nada ni nadie me podía devolver a David.

Después de un largo invierno y una triste primavera,
me angustiaba pensar que pronto llegaría el verano
y que tendría que irme de vacaciones con mi familia.

Desde hacía cinco años
veraneábamos en un apartamento en la playa.
Fue allí donde David y yo nos conocimos,
y ahora no me sentía lista para volver.
Así que empecé a pensar un plan
para no tener que ir a pasar las vacaciones allí.

Un día, mientras mi familia comía
y yo jugaba con la comida que tenía en el plato, les dije:

—Quiero ir al pueblo, a pasar el verano a casa de la abuela Berta.

Mi madre me miró con los ojos húmedos,
mi padre se frotó la nariz, como siempre que está preocupado,
y Clara dejó de comer.
Pero, finalmente, todos, incluso el psiquiatra,
pensaron que era una buena idea
que pasara el verano en el campo, como cuando era pequeña.

Puede que allí el recuerdo de David
no me persiguiera a todas horas.
Puede que el canto de los grillos me acunara[2] al anochecer
y pudiera dormir sin pesadillas.
Claro que ahora no estaría el abuelo para hacerme reír,
con sus historias llenas de aventuras,
porque había muerto hacía cuatro años.

Un año antes de su muerte,
mis padres habían comprado un apartamento en la playa.
Desde entonces, dejamos de veranear en casa de los abuelos
y pasábamos las vacaciones de verano en la costa.
Fue así como cambié los amigos del pueblo,
que crecieron conmigo y con Clara,
por otros amigos y por los primeros amores.
Fue así como cambié los paseos por el bosque en bicicleta
por las primeras salidas en coche.

2. Mecer o balancear a alguien para calmarle y dormirle.

En ese entonces no me percaté de todo lo que dejaba atrás.
No eché de menos el olor del pan recién hecho,
ni las sonrisas de los abuelos ni el canto de los grillos,
porque estaba ocupada enamorándome.

A lo mejor, si David no se hubiera ido,
hubiese tardado más en echar de menos
aquellos años de infancia, pero se fue.
Y, por eso, ahora deseaba volver a casa de mi abuela.
Necesitaba cambiar de aires para intentar apaciguar la tristeza.

A principios de junio, cogí un tren
y después el autobús que me llevó hasta el pueblo.
Cuando llegué, mi abuela ya me estaba esperando,
con el pelo blanco y corto, y con una sonrisa triste.
Nos abrazamos y lloramos.
Pero el calor de su cuerpo y el olor a lavanda[3] que desprendía
pronto empezaron a calmarme.

---

3. Planta de flores de color violeta que se utiliza para hacer perfumes y jabones.

CAPÍTULO 2

A los pocos días de haber llegado al pueblo,
mi abuela y yo salimos a dar una vuelta.
Ella había insistido en enseñarme las novedades del pueblo
que llevaba tanto tiempo sin visitar.
Yo no tenía ganas de ir a ninguna parte, pero no quise disgustarla.

En aquellos cinco años, el pueblo había cambiado bastante,
pero el centro estaba tal y como lo recordaba:
la pequeña plaza, con la fuente en medio
y los bancos bajo las higueras,
el Bar Centro, que todo el mundo conocía como el bar de Manolo,
y los pocos comercios de toda la vida.
Pero allí donde yo recordaba que el pueblo acababa
y se convertía en campos, habían construido casas nuevas,
algunas grandes y con piscina.

Por la noche, mientras cenaba con mi abuela y la señora Encarna,
una amiga de mi abuela de toda la vida y ahora viuda como ella,
saqué el tema de los cambios en el pueblo.

—Me ha sorprendido ver aquellas casas en las afueras del pueblo.
¿Son de veraneantes?

—Sí —dijo la señora Encarna—.
Aquí siempre vienen a veranear las mismas personas,
la mayoría son gente que ha nacido en el pueblo
pero que se ha ido a trabajar fuera.
Muchos todavía tienen parte de familia aquí.
Antes solían pasar el verano en las casas familiares,
pero se han acabado construyendo una casa nueva.

Fue entonces cuando mi abuela me dio la noticia:

—¿Sabes, María? Aura aún veranea en el pueblo.

Aura era mi mejor amiga en verano,
solo la veía durante las vacaciones.

—Sus padres se han comprado una de esas casas
—añadió la señora Encarna.

—La más grande de todas —susurró mi abuela,
como si fuera un secreto.

—Les habrá costado un dineral… —comentó la señora Encarna.

Mi abuela asintió con la cabeza,
mientras cortaba unas rebanadas de pan.

—Y tiene novio.

Las manos de mi abuela se quedaron inmóviles sobre el pan
justo después de decir la palabra "novio".

Noté cómo ambas me miraban fijamente,
pero me esforcé en fingir
que no me había dado cuenta de nada y pregunté:

—¿Y quién es su... novio?

—Un chico del pueblo.

—¿Lo conozco?

La abuela me alargó una rebanada de pan.

—Creo que sí. Jugabais juntos cuando erais pequeños.
Se llama Max.

—¿Max? —pregunté, sorprendida.

No podía imaginarme a Aura y a Max siendo novios.
Al menos no a la Aura y al Max de mis recuerdos.

CAPÍTULO 3

Hace dos días que Aura ha llegado al pueblo
y hoy ha venido a verme.
Cuando han llamado a la puerta
y he oído que la abuela pronunciaba su nombre,
el corazón me ha empezado a latir con más fuerza,
como si estuviera un poco más vivo.

—¡Aura! ¡Qué alegría! Pasa, pasa, mujer.
No te quedes en la puerta...

Aura ha entrado en el comedor, donde suelo pasar el tiempo
fingiendo que miro la tele.
Hacía cinco años que no nos veíamos.
La última vez teníamos 14 años.
Cuando nos hemos visto, nos hemos mirado un rato en silencio,
pero, de repente, se ha lanzado encima de mí
y me ha abrazado con calidez.

Entonces me ha propuesto ir a dar una vuelta por el pueblo.
Yo no tenía ganas, pero no sé cómo lo hizo
que, sin darme cuenta, ya estaba fuera de casa.

Caminamos un rato en silencio.
A fin de cuentas, cinco años son difíciles de recuperar.
De la Aura que yo recordaba solo queda la melena
del color de la arena y el flequillo cortado recto sobre los ojos,
unos ojos que seguían siendo amables y claros.
Y en sus labios, finos y delicados,
todavía se dibujaban sonrisas alegres.

Por fin, Aura rompe el silencio:

—No sabes lo que he sentido aquí dentro
—dice, señalándose el corazón—
cuando he sabido que estabas en el pueblo.

Intento controlar las emociones para poder decir algo,
pero entonces Aura apoya su mano en mi brazo con suavidad
y me dice con toda naturalidad:

—Pero hubiera preferido no volver a verte
y que no hubieras tenido que pasar por lo que has pasado.

Nos volvemos a abrazar. El corazón me late con fuerza,
pero me siento tranquila. Es entonces cuando me pregunta:

—Por cierto, ¿quieres ver el local?

—¿El local? ¿Qué local?

—¿Te acuerdas de Manolo, el del bar?

—¡Por supuesto!

—Pues se jubiló y le dejó el bar a su nieto,
que convirtió el almacén en un espacio de reunión
para la juventud. Lo llamamos «el local».
Hay cuatro muebles y un equipo de música.
Es un buen sitio para quedar con los amigos.
Vamos, te lo enseñaré.

El corazón se me encoge, lleno de angustia.
No estoy preparada para encontrarme con mucha gente,
pero Aura no acepta un no por respuesta y me lleva hasta el local.

El pánico se va apoderando de mí.
La verdad es que, desde el accidente,
evito la compañía de la gente, porque me entra pánico
cuando estoy rodeada de personas, sobre todo si no las conozco.
Este es uno de los temas que más preocupan al psiquiatra.
Pero mira lo fácil que es entenderlo:
si no puedo tener a David a mi lado,
no quiero la compañía de nadie más.

Aura me deja en la puerta del local y entra.
Veo cómo se acerca a un chico y se besan en los labios.
Luego se vuelve hacia mí y me hace gestos con la mano
para que me acerque. Lo hago, pese al pánico.

—¿Te acuerdas de María, Max? —pregunta Aura.

Max parece sorprendido de verme.
Arruga la frente y entrecierra los ojos,
que no recordaba tan azules.
Se queda un buen rato mirándome, inmóvil.
Esto sí que era típico de Max. Siempre le costaba reaccionar.
Tengo la sensación de que pasa una eternidad
y su silencio empieza a ponerme nerviosa.

Por fin, Max se acerca a mí,
me saluda con dos besos y dice:

—Hola, María.

Así, como si nos hubiéramos visto ayer.
Aura sonríe y dice, con su voz dulce:

—Ven, que te presento a unos amigos.

Me presenta a una chica y un chico. Son nuevos en el pueblo.
Aunque me dice los nombres, los olvido enseguida.
Me encuentro mal.
Acerco los labios a la oreja de Aura y le digo:

—Tengo que irme.

Aura me mira y lo entiende.

—Estás muy pálida. Te acompaño. ¿Vienes, Max?

—Nosotros también vamos —dicen la chica y el chico
que Aura me acaba de presentar.

—No hace falta, de verdad —les digo con voz temblorosa.

—Ya nos íbamos —comenta el chico.

Los cinco salimos del local
Y vamos andando hacia la casa de mi abuela.
Me esfuerzo por no sentirme tan angustiada,
así que intento distraerme
mirando al chico y a la chica que acabo de conocer
y que caminan delante de mí.

Me fijo en ella. Debe de tener nuestra edad,
pero parece mucho mayor.
Viste una camiseta ceñida y un pantalón muy corto
que dejan al descubierto unas piernas espectaculares.
Lleva el pelo teñido de negro con reflejos de color rosa.
Se nota que le gusta llamar la atención.
Aún no he terminado de examinarla cuando se gira
y nos dice algo.

—Elena se va. Ha quedado con alguien —me explica Aura.

Elena hace un gesto con la mano y se aleja.
El chico que caminaba a su lado se me acerca,
lo miro y me doy cuenta de que es muy guapo.
Tiene los ojos verdes, relucientes,
y el pelo negro y rizado, y un poco largo.

—¿Te vas a quedar muchos días? —me pregunta.

De repente, noto que se me calienta la cara.
Hace meses que apenas me relaciono con nadie
y ya no sé cómo reaccionar cuando un desconocido me habla.

Por suerte, Aura contesta por mí:

—Todo el verano, ¿verdad, María?

—Eso creo.

Ya estamos frente a la casa de mi abuela.
Aura me abraza, me da un par de besos y dice:

—Cuídate. Nos vemos pronto.

Max se ha quedado unos pasos atrás
y levanta la mano para despedirse.
Me dirijo a casa, pero noto una mano que me agarra del brazo.
Es el chico de los ojos verdes.

Me besa cada mejilla y dice:

—Nos vemos, ¿vale? Ah, y soy Lluc.

Entonces, se va sonriendo
como si en la vida todo fuera felicidad.

Entro en casa y cierro la puerta. Suspiro. Estoy cansada.
Oigo ruido en la cocina y voy a saludar a mi abuela.

—¿Todo bien, niña? —me pregunta
mientras pela patatas para la cena.

—Todo bien. Pero me voy a tumbar un ratito.

Subo corriendo a mi habitación,
cierro las contraventanas[4] y me echo en la oscuridad.
Pienso en David. Pienso que, si todavía estuviera vivo,
le llamaría y le explicaría que he vuelto a ver a Aura
después de tanto tiempo. Pero David ya no está.
Y yo no puedo soportarlo.

4. Puerta de madera que hay en las ventanas para no dejar pasar la luz.

CAPÍTULO 4

Le pido a la abuela que me deje pintar la habitación
de color malva[5] suave para hacerla un poco más mía.
Entre comprar la pintura, hacer pruebas de color y pintar,
me paso una semana sin ver a nadie.
La abuela recupera unas cortinas de ganchillo
que acaban de dar a la habitación el estilo que yo buscaba.
Admiro el resultado, satisfecha, y voy colocándolo todo en su sitio
mientras me esfuerzo en pensar en algo que no sea David.
Para quitármelo de la cabeza, salgo a dar una vuelta, sola.

Son casi las ocho de la tarde.
Huele a verano y camino hacia el río.
Cuando llego, me siento en la orilla.
Noto que me pesa la cabeza, llena de recuerdos dolorosos.
Aprieto las rodillas contra el pecho y apoyo la barbilla sobre ellas.
Cierro los ojos, solo oigo el murmullo del agua,
y me quedo así un buen rato.
De repente, una voz suena cerca de mí y me sobresalto.
Levanto la cabeza y veo a Max.

—Hola, María.

—Hola —respondo, sorprendida.

—Lo siento.

---

5. Violeta.

Me cuesta unos segundos comprender a qué se refiere.
Quizás porque no quiero, pero finalmente trago saliva y asiento.
Él avanza unos pasos y se sienta a mi lado.
Sonrío y ambos miramos fijamente el agua.

—¿Recuerdas cuando contábamos nubes?
—le pregunto sin mirarle.

Noto cómo sonríe.
Cierro los ojos y el corazón me late con fuerza.
De repente, me encuentro explicándole
lo que no le había dicho a nadie:

—David y yo volvíamos de una fiesta con el coche de su padre.
Solo hacía unas semanas que había conseguido el carné.
Apenas había bebido.
Era de noche y el asfalto tenía una capa reluciente
porque había llovido un poco. En una curva, el coche patinó.
Yo iba medio dormida, pero sentí que volábamos.
Noté el cinturón de seguridad en el pecho, abrí los ojos
y comprobé que aquel grito de David no era una pesadilla.
Y no recuerdo otra cosa. Solo el dolor que vino después.

Max me mira un segundo y yo me echo a llorar en silencio.
Las lágrimas se deslizan por mi mejillas,
y dejo escapar un gran suspiro, aliviada.
Con suavidad, Max coloca la mano sobre mi hombro
y me atrae hacia él,
como si quisiera protegerme de todos los males.

Suspiro y cierro los ojos. Luego me da la mano,
me ayuda a levantarme y me acompaña a casa.

Es muy tarde. La abuela está cerca de la valla,
con la mirada perdida.
Cuando nos ve, viene rápido hacia nosotros:

—¿Estás bien, niña? Me tenías preocupada.

Después de comprobar que estoy bien, mira a Max,
que le sonríe con su mirada azul.

—Venga, pasad, chicos, que la cena está en la mesa
desde hace más de una hora.

Max se queda a cenar con nosotras
y nos cuenta un montón de cosas, él, que es de hablar poco.
Nos dice que nunca ha querido estudiar,
que prefiere trabajar en el campo
como lo ha hecho siempre su familia.
Y que lo que más le gusta en este mundo son los animales.

—Me encantan los perros, los caballos...
A veces les hablo y parece que me entienden.

Lo dice con la cabeza gacha.

—Serías un gran veterinario —afirma la abuela.

Entonces levanta la cabeza y cruza su mirada con la mía.
La conversación llega a su fin, y la cena también.

Max se despide de la abuela,
que no deja de repetirle que vuelva a cenar cuando quiera,
y yo lo acompaño hasta la valla.

—Haría cualquier cosa para que no sufrieras
—me dice de repente.

—¿Cómo te va con Aura? —disparo.

—Bien.

—Cuídala mucho. Es mi mejor amiga de verano.

Max clava los ojos en el suelo y los alza para despedirse:

—Ya nos veremos —dice en un susurro.

Y se acerca a darme un beso la mejilla,
pero quizá soy yo que muevo la cara justo en ese momento
y noto sus labios rozando los míos,
mientras mi aliento y el suyo se mezclan.

CAPÍTULO 5

Recibo un mensaje de Aura en el móvil:

«Estamos en el local. ¿Vienes?»

Tengo pocas ganas de relacionarme con el resto de jóvenes
y también me da vergüenza ver a Aura. Escribo:

«No. ¡Gracias!»

Me meto en la cama temprano.
La ventana de la habitación está abierta,
pero no corre aire. Qué bochorno hace...
Desde la cama miro la luna llena. No puedo dormir.
Sudada, me siento en la cama y me abrazo los hombros,
como si en vez de calor, tuviera frío.
Es entonces cuando oigo una guitarra
y una voz masculina cantando.

Es la voz más dulce que he oído nunca.
Me levanto de un salto y me asomo a la ventana.
En la valla del jardín,
unas sombras se mueven al ritmo de la música.
Una sombra, alta y delgada, toca la guitarra. Es Lluc, sin duda.
Está haciendo mucho ruido.

Me pongo una camiseta y unas zapatillas,
y bajo las escaleras silenciosamente.
Cuando salgo, Aura viene hacia mí sin dejar de bailar.

Mi abuela ha encendido la luz de su habitación
y asoma la cabeza sin decir nada.
Aura propone continuar la fiesta en el local
y los demás están de acuerdo. Los sigo como una zombi,
sin pensar que voy en camiseta, pijama y zapatillas.
Pero no me importa demasiado.
Esa voz dulce que canta me hace vibrar como nunca.

—Cantas superbién —le digo a Lluc.

—Bueno, tenía que hacer algo
para que la princesa bajara de su torre.

La luz de la luna me deja ver sus ojos verdes y su sonrisa.
Me quedo mirándole como una idiota.
Él suelta una carcajada y dice:

—¿Sabes que ese traje de noche te queda muy bien?

Ahora sí me avergüenzo, pero durante poco rato.
Elena aparece de repente, le pasa un brazo por la cintura
y lo arranca de mi lado. Me pregunto si son pareja.
No encajan demasiado, pero a saber...

Paso un rato en el local intentando disfrutar de la fiesta.
Me alegro de volver a ver a antiguos compañeros
de juegos infantiles.
¡Cómo han cambiado todos en estos cinco años!
¡Y cómo he cambiado yo en pocos meses!

Todo el mundo está pendiente de mí,
pero tras sus palabras amables
me parece oír las que esconden:
«Pobre María. Ha perdido a su novio en un accidente...».

La tristeza vuelve a mí.
Y con la excusa de que tengo los pies helados, me voy.
Subo la calle, estrecha y oscura.
Detrás de mí, alguien abre la puerta del local:

—Adiós, princesa.

Cuando me doy la vuelta, Lluc ya ha vuelto a entrar.

CAPÍTULO 6

No sé cuánto hace que me he acostado.
Oigo un ruido en la ventana. Será el viento,
que golpea las ramas contra el cristal.
Me tapo con la sábana, pero el ruido se repite.
¿Es una piedrecita lo que ha impactado en el cristal?
Me levanto y abro la ventana.
Veo una sombra que se agacha a recoger más piedrecitas.

—¿Max? —No sé si grito o susurro.

—Hola, María.

—¿Qué haces aquí? ¿Qué hora es?

—¿Subo o bajas?

No entiendo nada,
pero me pongo la misma camiseta que antes
y las zapatillas, y bajo sin hacer ruido.
Max me recibe con una sonrisa.

—¿Se puede saber...?

No me deja terminar.

—Como te has ido de esa manera,
he dejado a Aura en su casa y...

—Y has pensado: «Voy a ver si la pobre María está viva o...».

Ahora soy yo quien no termina la frase.

El jardín de la abuela es pequeño,
pero hay varios árboles frutales.
Elegimos un cerezo y nos sentamos debajo,
apoyando la espalda en el tronco y con las piernas estiradas,
uno junto al otro, en silencio.

—Me gustó que me contaras lo del accidente.
Creo que te fue bien.

—Sí.

Se crea un nuevo silencio que dura mucho,
pero estoy a gusto, tranquila.
Estar junto a Max es como tener un escudo contra las penas;
quizás porque pertenece a mi vida de antes de David.
Pero entonces estalla esta pregunta:

—¿Cómo era tu novio?

El pánico me invade

Max mueve la cabeza:

—Perdona. Soy un idiota.

Respiro profundamente y dejo escapar el aire, algo más aliviada.

—Se llamaba David y era muy guapo.
Éramos muy distintos. Él era tranquilo. Nunca tenía prisa.
Hacía casi un año que salíamos.
No es mucho, pero estábamos bien juntos.

Los ojos se me llenan de lágrimas.
Max me toca el brazo en un gesto amistoso
y yo pongo mi mano sobre la suya.
Me aparta el pelo de la cara y apoyo la cabeza en su hombro.

Estamos tan cerca el uno del otro
que puedo notar el aroma de su piel,
y me da la sensación de que es el de David.
Cierra los ojos y me besa.
Siento en mis labios los labios tibios de David.
Su beso suave me devuelve sensaciones perdidas.
Presente y pasado se confunden.

De repente, Max se levanta y se disculpa.
Lo miro mientras se aleja y me quedo bajo el cerezo
hasta que el rocío me cala[6] los huesos.
Vuelvo a la cama, pero no consigo dormir.

---

6. Penetra. Cuando llueve y no llevamos paraguas, la lluvia nos cala la ropa.

CAPÍTULO 7

Pienso en el beso que me di con Max
y en mi confusión. ¡Qué vergüenza!
Debería hablar con Aura,
pero no sé si podré volver a mirarla a los ojos.
Así que decido tragarme sola la pena
y no volver a salir más con su grupo de amigos.

Reviso la biblioteca de la abuela
y cojo el libro que parece más nuevo:
Poemas, de Konstandinos P. Kavafis.
Salgo de casa para buscar refugio en el bosque
y llego a una cueva donde íbamos a jugar de pequeños.
Es el sitio ideal para esconderme del mundo.
Me acomodo en el suelo, lleno de hojas y piedras,
y hojeo el libro.
Me llama la atención el título de un poema: "Vuelve".

—¿Molesto?

Me giro hacia la voz con el corazón a mil.

—¿Lluc?

—Yo mismo —dice sonriendo, ajeno a mis sentimientos—.
¿Me dejas un sitio en tu piedra?

Me muevo a un lado para que se siente y vuelvo a la lectura.

—¿Cómo te puede gustar este sitio tan... tenebroso? —pregunta.

—Veníamos a jugar de pequeños —le cuento.

—Un sitio muy...

—Eh, estaba leyendo tan tranquila y...

—Perdona. No quería molestarte, princesa.

—¿Por qué te crees tan irresistible?

—Porque lo soy —dice Lluc.

—¡Venga, tío!

—¿Quieres que me vaya? —pregunta.

—Me caes bien, en serio, pero me gustaría estar sola un rato.

—Estás con la mierda hasta el cuello, ¿verdad?

Lo miro atónita.

—No te entiendo —digo.

—Yo tampoco —replica Lluc.

—¿Perdona? ¿Por qué lo dices?

—De verdad piensas que lo mejor que puedes hacer por ti, por tu novio muerto, es convertirte en una ermitaña[7].

Me estoy enfadando de verdad.
Me gustaría lanzarme sobre él
y arrancarle sus encantadores ojos verdes.

—No creo que te importe...

—Me importa —dice él serio.

—¿Por qué?

—Sé lo que es perder a la persona que más quieres.

No sé qué decir. Me dirige una sonrisa fugaz y sigue:

—Mi madre era la persona más importante de mi vida.
Me lo dio todo. Me lo enseñó todo.
Viví con ella 15 años, pero entonces enfermó y se fue.
Tuve que venir a vivir a este pueblo con mi padre,
al que apenas conocía.

---

7. Persona que vive en soledad.

Nos quedamos en silencio.
Me gustaría decir algo, pero no encuentro las palabras.
Lluc coge el libro y lee unos versos
con su voz cálida y suave:

—«Vuelve a menudo y tómame en la noche,
cuando los labios y la piel recuerdan...».

Cierro los ojos.

Cuando los vuelvo a abrir, Lluc ya se ha levantado:

—Adiós, princesa.

CAPÍTULO 8

Llevo cuatro días sin salir de casa.
Cuando mi abuela llega de comprar,
me explica que se ha encontrado a la madre de Aura
y que le ha dicho que Aura pasará a buscarme
para ir a la piscina de su casa.

—¿Aura? ¡No! No voy a ir.

La abuela se acerca mí con cara de querer sermonearme:

—Ayer hablé con tus padres
y dicen que les haría ilusión que fueras a verlos a la playa.

Las palabras de la abuela
hacen que piense en mis padres y Clara.
Los echo de menos,
pero sé que todavía no es el momento de volver,
y menos al pueblo donde David y yo nos conocimos.
Tengo que llegar a un acuerdo con mi abuela.

—Entendido... El fin de semana quedaré con Aura
e iré a la piscina...

—¡No! Te vendrá a buscar hoy a las diez.

Estoy demasiado cansada para discutir,
así que preparo el bolso y espero en mi habitación.

Aura llega puntual.

—¿Y esa cara? —pregunta al verme.

—Es que… estoy tan blanca
que me da vergüenza que la gente me vea en bikini
—digo para salir del paso.

—Pues ya es hora de que cojas algo de color.

—¿Estará Max? —pregunto con voz temblorosa.

—No. Está trabajando en el campo.

Un poco más tranquila, sigo a Aura hasta su casa.
Nos ponemos crema y nos tumbamos en el césped.
Cierro los ojos e intento dejar la mente en blanco,
pero no puedo.
Siento la mirada de Aura clavada en mí y me pongo nerviosa.
Es necesario que encuentre un tema de conversación,
pero ella se me adelanta:

—¿Le querías mucho?

La pregunta me toma por sorpresa.

—Sí, por supuesto

Noto que las lágrimas llegan a mis ojos,
pero las intento contener.

—Si me ocurriera algo así, no sé cómo reaccionaría.

—¿Quieres decir si Max muriera? —pregunto.

—Quiero decir si perdiera a alguien querido en un accidente. Max o quien fuera.

Me lo pienso bien antes de hablar, pero tengo que preguntárselo:

—Tú... ¿estás enamorada de Max?

Tarda un poco en responder y lo hace en voz baja:

—Sí. Bueno, creo que sí. Nunca había tenido novio, y con él me siento bien.

Los ojos se le iluminan
y me doy cuenta de que Aura está loca por Max.
Vuelvo a sentir los labios de Max pegados a los míos,
me giro y me estiro boca abajo en la toalla,
hundiendo la cabeza entre los brazos.

Aura sigue hablándome de Max
sin darse cuenta de la vergüenza que me persigue.
Siento que debo cambiar de tema.
Y se me ocurre hablar de Lluc.

—¿Sabías que Lluc perdió a su madre? —le pregunto.

Aura me mira sorprendida:

—¡No! Lluc es un tío enrollado, el alma de la fiesta,
pero nunca habla de sí mismo. ¿Quién te lo ha dicho?

—Él. Intentaba consolarme...

Aura suelta una carcajada de las suyas:

—Creo que le gustas.

—¿Qué dices? Pero si es el novio de Elena, ¿no?

—¡Ya le gustaría! —responde, divertida.

Aura se levanta y va hacia la piscina.
Antes de que se tire, le digo:

—Siento haber sido tan antipática contigo.

Me lanza un beso y luego oigo un *choof*.
No ha sido una disculpa, y Aura nunca sabrá a qué venía,
pero me he quedado más tranquila.

CAPÍTULO 9

Por primera vez desde que David no está,
abro un pequeño álbum de fotos que me regaló
por mi cumpleaños.
En la última foto salimos ambos.
Habíamos ido a pasar el día a una cala muy tranquila.
El sol empezaba a ponerse
y David había querido inmortalizar el momento.
Salimos riendo, con los ojos llenos de felicidad.

Saco la fotografía del álbum y le doy un beso.
Me tumbo en la cama con la foto entre las manos,
sin dejar de mirarlo.
Me preocupa olvidar sus labios sonrientes,
y sus ojos vivos color avellana y miel.

Dejo la foto bajo la almohada.
Cierro los ojos y me escucho gritar con la voz rota
palabras que vienen de otro tiempo
y que ahora repito como un eco atronador[8]:

—¡No es verdad! ¡David no está muerto!
Yo he oído que se quejaba. ¿Habéis mirado bien?
En el coche, id a mirar en el coche.

---

8. Que no deja oír nada más.

La puerta se abre de repente y la abuela entra en mi habitación.
Me sujeta la cabeza entre sus manos, todavía fuertes,
y me susurra:

—Respira, niña. Así, muy bien... Ya ha pasado...

La angustia se va deshaciendo en mi interior,
fundida por el calor de las manos amorosas de mi abuela.
El corazón me late con fuerza y empiezo a sollozar[9].

Entonces, la abuela saca un frasco de pastillas;
se las había dado mi madre por si acaso.
Me coloca una en la boca y la cara de David se desvanece.

«No te vayas, David, por favor. Quédate un ratito más...»

9. Llorar sin hacer mucho ruido.

CAPÍTULO 10

El último ataque de ansiedad me ha transformado.
Sigo pasándome los días encerrada en la habitación,
leyendo los versos de Kavafis y escuchando música
para aislarme del mundo.
Pero ahora, además, no hago la cama,
no recojo la ropa sucia del suelo y no me ducho.
La abuela primero finge que no se da cuenta,
pero cuando ya han pasado unos días, explota:

—¡María, dúchate, vístete y ordena la habitación! ¡Ahora!

Nos miramos fijamente, como si estuviéramos retándonos.
Por primera vez en la vida, veo lágrimas en los ojos de la abuela.
Me asusto, pero no sé reaccionar;
solo sé apartar la mirada para no herirla más.
La abuela se va asustada y me deja sola.
Y yo me duermo.

Cuando me despierto, ya está oscureciendo.
Recuerdo el rostro entristecido de mi abuela y decido ducharme.
De camino al baño, oigo voces en el piso de abajo.
Son de la abuela y la señora Encarna:

—Tienes que llamar a sus padres y que vengan a buscarla.

La abuela solloza. Suspira y dice:

—No puedo devolverla como si fuera un estorbo.
Ha venido a buscar paz y quiero dársela. La quiero mucho.

Se me encoge el corazón. Me siento mal.
La abuela se ha desmoronado por mi culpa.
Lleno la bañera hasta arriba y echo sales de baño.
Me sumerjo y dejo que las lágrimas
se mezclen con el agua perfumada.

Cuando salgo, más calmada, abro la ventana.
Fuera todo reluce lleno de vida.
Limpio el vaho del espejo para mirarme en él
y decido que ha llegado la hora de quererme un poco más,
y de querer mucho más a la abuela.

SEGUNDA PARTE

SOMBRAS Y LUCES

CAPÍTULO 11

Una hora después, bajo las escaleras.
Me he recogido el pelo
y me he puesto unos vaqueros nuevos y una blusa blanca.
Mi abuela y la señora Encarna están jugando a cartas.

—¿Ha quedado algo de cena para esta criatura hambrienta[10]?

La abuela se vuelve, se levanta y me abraza.

—Perdóname, abuela.

Después de cenar, me uno a la partida de cartas.
A medianoche, la señora Encarna se levanta
y nos dice que va a casa a buscar unas pastas
y una botella de vino dulce que tiene para ocasiones especiales.
La abuela protesta:

—Mujer, a estas horas...

—No tardo ni cinco minutos.

A las dos, cuando ya nos hemos comido todas las pastas
y casi nos hemos bebido todo el vino,
llaman a la puerta. Nos quedamos petrificadas.

---

10. Que tiene mucha hambre.

—¿Quién será... a estas horas? —pregunta la abuela.

Me levanto a abrir y cuando veo a Lluc,
con la guitarra en la mano y esa cara de felicidad,
me da un ataque de risa.

La abuela, que me ha seguido con la botella de vino en la mano
por si era necesario defenderme, dice:

—¡Lluc, qué alegría verte! Pasa, hijo, pasa...

Él se queda con la boca abierta cuando entra en el comedor
y ve los restos de comida, los vasos de vino y las cartas.
La abuela ha ido a la cocina,
de donde nos llega un delicioso olor a café,
y, al poco rato, aparece con una cafetera.

Después de bebernos el café,
la abuela y su amiga se disponen a recogerlo todo
y Lluc y yo salimos fuera.
El aire es fresco y me espabila un poco.
Miro hacia el cerezo y me acuerdo de Max.
Por eso le propongo que demos un paseo por el pueblo.

—¿Y a qué se debe tu visita a estas horas?

—Bueno, me he acordado del otro día en el bosque...
Estabas tan triste que me he dicho:
«Vamos a ver cómo se encuentra mi princesa»,
pero ya veo que no era necesario —dice guiñándome un ojo.

Nos sentamos en un banco de la plaza
y estamos un rato callados.
David me viene a la cabeza.
Me llama para que lo saque del coche.
Respiro profundamente y dejo escapar un suspiro.

—He estado pensando en ti —dice,
con esos ojazos verdes fijos en mí.

—No pierdas el tiempo... —replico, soltando una carcajada.

Lluc se une a mis risas.
Y por si no montáramos suficiente escándalo,
desenfunda la guitarra
y toca una melodía que nunca he oído,
pero que suena a gloria bendita.

—Tienes un don —le digo, embobada, cuando termina.

Me levanto, repleta del encanto de Lluc.

—Es tarde. ¿Me acompañas? —le pido.

—Claro

En la cama, al cerrar los ojos, vuelvo a ver los dedos de Lluc sobre las cuerdas de la guitarra y el balanceo de su cuerpo, siguiendo el ritmo de la música.
Me quedo dormida con esa imagen clavada en el corazón.

CAPÍTULO 12

Estoy en medio de una de mis pesadillas habituales
cuando la abuela entra en la habitación gritando:

—¡Ha venido a verte, niña!

Medio dormida, pienso en David y sonrío,
imaginándomelo de pie, en el jardín. Pero la abuela sigue:

—¡Clara está aquí!

El nombre de mi hermana me despierta de repente.
Me visto enseguida y corro escaleras abajo.
Cuando la veo, el corazón me empieza a latir muy rápido.
Clara se abalanza sobre mí y me llena la cara de besos.
Sin parar de reír, se separa un poco de mí
y me mira de arriba abajo:

—Estás muy guapa, hermanita.

—¿Qué haces aquí? —le digo, y vuelvo a abrazarla muy fuerte.

—Ya sé que habíamos quedado en que te dejaríamos tranquila
y que no te vendríamos a ver.
Papá y mamá te echan de menos, pero intentan cumplir el pacto.
Bueno, a mamá le cuesta más,
aunque llama a la abuela todos los días...

Miro a la abuela, que disimula como si no hubiera oído nada.
Qué callado se lo tenía.

—Pero yo ya no podía...
Así que les he dicho que me iba a casa de una amiga
a pasar el fin de semana y...

—¡Qué mala eres!

Reímos, casi felices.

—¡Qué bien que hayas venido! —le susurro al oído.

Siempre hemos estado muy unidas y lo hemos compartido todo:
ropa, libros, música, confidencias...

La abuela nos pide que preparemos la habitación de Clara
para que se pueda instalar, y no nos hacemos de rogar.
Sin dejar de hablar como cotorras,
abrimos las ventanas de par en par y hacemos la cama.
Clara me propone ir a bañarnos al río.
Me parece una idea fantástica.
Antes de irnos, la abuela nos dice:

—Niñas, a las dos en casa, que hoy prepararé el arroz
que tanto os gusta.

Sonriendo, sigo a Clara hasta la puerta.
Hoy huele a aquella felicidad que parecía perdida.

CAPÍTULO 13

Clara y yo vamos hasta el río sin dejar de charlar.
Cuando llegamos a nuestro rincón preferido,
ponemos las toallas sobre una roca y nos tumbamos.
Disfrutamos del calor en silencio,
pero, de repente, noto ese peso en el estómago
y no puedo evitar decir:

—No dejo de preguntarme por qué David está muerto
y yo todavía vivo.

Clara se incorpora, en silencio.
Saca algo de la bolsa
y, con suavidad, me seca las lágrimas.

—No debes pensar eso. La vida es un regalo.
Y a ti te lo han dado dos veces.
Estuviste a punto de morir, pero sobreviviste.

No hay pañuelo que pueda secar las lágrimas
que ahora brotan de mis ojos.
Las ahuyento de un manotazo, con rabia.

—Pero David está en un ataúd
y no puedo dejar de pensar en ello.

Siento las cálidas manos de Clara, que me secan las mejillas.
Entonces, me agarra muy fuerte de las manos,
tira de mí para levantarme y corremos hacia el agua.

Al cabo de un rato, nos estamos salpicando como dos niñas.
Y, de repente, se lanza sobre mí y me hunde.
Dentro del agua, los pensamientos dolorosos se transforman
en sensaciones líquidas, leves.

Cuando salgo para tomar aire, le digo:

—Ahora verás quién tiene más fuerza.

Y, como años atrás, el río se llena con nuestras risas.

CAPÍTULO 14

El domingo, Clara sube al autobús de las siete de la tarde
y me deja sola y desolada.

A las nueve, la abuela, la señora Encarna y yo cenamos,
y después jugamos a las cartas.
A medianoche llaman a la puerta,
pero esta vez no nos asustamos.
Es Lluc, que entra con su guitarra colgando del hombro
y se une a la partida con toda naturalidad.

A petición de la abuela y de su amiga, toca una canción.
Canta con esa voz suave y masculina,
pero esta noche su música me entristece.
Me levanto y me voy a la habitación, en silencio.
Mientras me pongo el pijama,
sigo escuchando sus dulces acordes y suspiro llena de añoranza.
Echo de menos a David, que ya no volverá nunca más.
Y echo de menos a Clara.
Entre música y sentimientos de soledad, me duermo.

Hoy, Lluc se ha presentado a las nueve de la noche,
con una botella de vino dulce. Lo deja en la cocina,
que hierve de actividad porque la abuela está haciendo croquetas
y la señora Encarna tiene un pastel en el horno.
Nadie se lo pide, pero es evidente que se quedará a cenar.

Cuando bajo al comedor, lo veo poniendo mesa.
Me dedica una sonrisa y una mirada que me dejan sin respiración.
Sonrojada, me acerco a ayudarle.

Durante la cena, Lluc habla sin parar
y explica chistes malísimos
que la abuela y la señora Encarna celebran
con grandes carcajadas.
Lo miro en silencio y pienso en lo diferente que es él de David,
pero me doy cuenta de que despierta en mí algo
que no sé cómo explicar pero que me relaja.

Después de jugar un rato a cartas,
Lluc me invita a tomar el fresco en el jardín.
La abuela y su amiga sonríen encantadas. Sus miradas me dicen:
«Venga, mujer, ve con ese bombón». Y, sí, me voy con él.

La noche es fantástica.
Nos tumbamos bajo un árbol que no identifico,
pero que seguro que no es un cerezo.
Durante un rato estamos en silencio observando el cielo estrellado.
Estoy a punto de preguntarle por qué viene todas las noches,
pero no lo hago.
Agradezco su silencio y su compañía.

De repente, se levanta y me ofrece la mano para levantarme.
Me rodea la cintura con su largo y fuerte brazo
y empezamos a bailar al son de su melodiosa voz.

Primero sonrío, incómoda.
Pero enseguida me dejo llevar.
Cierro los ojos, me acerco más a él
y recuesto la cabeza sobre su pecho.
Bailamos y bailamos, hasta que, finalmente,
nos quedamos quietos.

Ahora la música la ponen los grillos.
Al cabo de un rato, la camiseta de Lluc está húmeda
por mis lágrimas.
Escucho cómo su corazón martillea con fuerza,
y pienso, de nuevo, en la vida que David ya no tiene.
Lluc desliza su mano por mi pelo con suavidad.

—No puedes permitir que los recuerdos no te dejen vivir.
Tienes que mirar hacia delante —me dice.

—Lo sé. Pero no...

Lo miro y tengo la sensación de que ya sabe lo que me pasa
y que no es necesaria ninguna explicación.

Me da la mano y volvemos a casa.

CAPÍTULO 15

Le había dicho a mi abuela que pasaría la tarde con Aura,
pero en realidad la he pasado con Kavafis y sus poemas.
Cuando llego a casa, veo a la abuela cortando rosas en el jardín.
Al oírme entrar, levanta la cabeza
y se le ilumina la cara con una gran sonrisa:

—Hola, niña. ¿Cómo estás? Hoy Encarna no vendrá,
pero supongo que tu amigo Lluc sí.
Este no falla nunca —dice guiñándome un ojo,
mientras desaparece con las rosas en la mano.

Pero hoy, la abuela y yo cenamos solas. Lluc no llega.

—Pues parece que Lluc no vendrá —comenta la abuela.

Me encojo de hombros como queriendo decir «me da igual»,
porque todo en mi mente es confuso.
Tengo una mezcla de sensaciones viejas y nuevas.
Cuando acabamos de cenar, me levanto de la mesa y salgo de casa:

—Voy a dar una vuelta, abuela.

Ella me dice algo desde la cocina,
pero su voz se convierte en un susurro,
porque he empezado a correr hacia el bosque
como si me persiguiera el diablo.

Me detengo sin respiración y entonces veo a Lluc.
Me mira con sus ojos verdes brillantes
y yo le grito con rabia:

—¿Pero se puede saber por qué me sigues?
¿Me puedes dejar en paz de una puñetera vez?

No responde. No aparta la mirada
y yo sigo atacando al enemigo equivocado:

—¡Venga, tío, déjame tranquila!

No dice nada. No sé a dónde mirar ni qué hacer con mi corazón,
que late con más fuerza cuando Lluc está cerca,
aunque yo no quiera reconocerlo.
Sacudo la cabeza, avergonzada.

—Perdona. Tú no tienes la culpa de nada.

Me acaricia la mejilla con un dedo y se me pone la piel de gallina.

—¿Tanto te cuesta entenderlo, María? Estoy loco por ti.

—Yo... no puedo.

—Y yo no te pido nada.

Lluc corta una flor y la coloca con cuidado en mi pelo.

CAPÍTULO 16

Desandamos el camino cogidos de la mano, en silencio.
Me observa con ojos tiernos, y eso me reconforta.
Al distinguir la silueta de la casa de la abuela, le suelto la mano.
Cruzo los brazos bajo el pecho y clavo la vista en el suelo,
perdida en un mar de pensamientos.
Nos detenemos delante de la valla,
me acaricia la mejilla y me dice:

—Adiós, princesa.

Le devuelvo el adiós y entro en casa,
donde me encuentro a Max.

—Mira, niña, quién te ha venido a ver —dice la abuela
desde la cocina.

Intento sonreír.

—Quiero hablar contigo... ¿Salimos? —me pregunta Max.

No puedo. Son demasiadas cosas a la vez.
Todo va demasiado deprisa y estoy perdiendo el control,
pero de algo sí estoy segura:
no quiero escuchar a Max.

—No —le digo.

—Pero...

—Ahora no, Max.

—¿Quedamos mañana?

—No sé. Quizás.

La abuela sale de la cocina y nos observa en silencio.
Max se pasa una mano por el pelo, incómodo:

—Ya me iba —dice, y se dirige hacia la puerta.

Me cuesta conciliar el sueño. Cierro los ojos
y siento la mano cálida de Lluc acariciándome.
Me doy cuenta de ese nuevo sentimiento
que está despertando en mi interior,
pero, en vez de alegrarme, me siento culpable.

CAPÍTULO 17

No he dormido bien, pero al menos no he tenido pesadillas,
y eso es toda una novedad.
Abro las contraventanas y la luz se cuela en la habitación.
Me pongo la mano sobre la mejilla que Lluc me acarició,
y enseguida noto un pinchazo en el pecho.

—David —murmuro, y lo busco en el cielo despejado,
donde dicen que viven las almas buenas.

Me siento en la cama y cojo la foto
que guardo debajo de la almohada.
La miro sin llorar, pero noto que el corazón se me hace añicos.
En la mesilla de noche está mi móvil.
Me había prometido no volver a hacerlo,
pero lo cojo y busco entre los mensajes guardados.
El corazón me late muy rápido.

Al cabo de unos segundos, escucho su voz:

«Hola, soy David. Te pasaré a buscar sobre las ocho.
La fiesta es en una urbanización. Cojo el coche de papá.
Hasta luego, amor».

Sin apartarme el móvil de la oreja,
empiezo a hablarle a la nada.

—David, mi amor, perdóname.
No pienses que ya no me acuerdo de ti. Nunca te olvidaré.
¿Me oyes? ¡Nunca!

Sin darme cuenta, debo haber gritado demasiado,
porque mi abuela está en la puerta
y me observa con los ojos muy abiertos.
Cuelgo y me seco las lágrimas:

—No lo haré más, abuela. De verdad.

Pero la abuela ya se ha ido y ha cerrado la puerta.

Pasado un rato, bajo a desayunar.
La abuela está sentada en la cocina, con una taza de café.
Me siento a su lado y le vuelvo a pedir perdón.

—Niña, David está muerto, pero tú no. Y eres joven.
No debes sentirte culpable de nada.
No debes arrepentirte de vivir y amar.

Siento un escalofrío.

—¡Vive! —me pide la abuela.

Dibujo una sonrisa triste y le digo:

—Lo intentaré.

Cuando oscurece, Lluc pasa por casa
con una gran sonrisa que le ilumina toda la cara.

—Oye, ¿qué te parece si cojo la moto de mi padre
y vamos al pueblo de al lado?

Me lo pide con la mano apoyada en mi hombro
y pone unas caras tan tontas que me hace reír.
Me pongo de puntillas y le beso en los labios.
Él me pasa una mano por el pelo con dulzura,
y me da un beso tan maravilloso
que nuestras bocas se niegan a separarse.

CAPÍTULO 18

Pasamos de la visita al pueblo de al lado y, en su lugar,
vamos a casa de Lluc.
Me tienta con la promesa de una cena inolvidable,
mientras añade que tendremos la casa para nosotros,
porque su padre ha ido a pasar unos días a la ciudad.
Subo a la habitación a buscar el bolso.
Aprovecho y paso por el baño
para ponerme un poco de pintalabios, y me suelto el pelo.

Cuando bajo, encuentro a Lluc acomodado en el sofá,
charlando con mi abuela.
Al verme, calla de repente y me mira, alucinando.
Se levanta, le da un besazo en la mejilla a la abuela,
que sonríe sorprendida y divertida, y tira de mí hacia la puerta.

Al salir, nos topamos con Max
y los tres nos quedamos callados.
Lluc no me suelta y, por fin, Max dice:

—Hola, María. Hola, Lluc.

Lluc le responde con un movimiento de cabeza.

—Ya nos íbamos —le informo,
con ganas de acabar con esta situación tan incómoda.

—Ya lo veo. Volveré en otro momento.

—Mejor.

Max se aleja con paso lento.

—¿A qué venía? —me pregunta Lluc.

—No sé. ¿Nos vamos?

Y ahora soy yo quien tira de él.

CAPÍTULO 19

Tal y como me había prometido, Lluc me prepara la cena:
unos espaguetis a la carbonara deliciosos
y que no paro de elogiar.

—Sí. Soy buen cocinero —dice Lluc.

—¿Y qué más sabes hacer? —le pregunto.

—Nada más. Este es el único plato.

Le observo, sorprendida, mientras él se parte de risa,
y me la contagia enseguida.

Cuando acabamos de cenar, salimos al porche.
Lluc me coge un mechón de pelo,
lo desliza entre sus dedos y me besa.
Cuando nuestros labios se separan, le oigo decir en un susurro:

—Podríamos intentarlo, princesa.

Me levanto como impulsada por un muelle.
Yo también lo deseo, pero tengo miedo.
Pienso que, si olvido mi dolor, olvidaré a David.
Y no puedo consentirlo.

—Voy al baño... ¿Dónde está?

Lluc me lo indica y me voy corriendo hacia allí
con el corazón a mil.
De camino, paso por delante de una habitación.
En la puerta hay un póster de un grupo que no conozco.
Seguro que es la habitación de Lluc. Miro a mi espalda.

La casa está a oscuras. Empujo la puerta y entro.
En las paredes cuelgan guitarras, entradas de conciertos y fotos.
Curiosa, me acerco a las fotos.
En casi todas sale él junto a una mujer muy guapa
con ojos grandes y verdes.
Su madre, por supuesto.

De repente, empiezo a sentir una especie de vergüenza.
Tengo la sensación de que no debería curiosear más.
Así que salgo de la habitación y vuelvo al porche,
sin pasar por el lavabo.

Lluc está tocando acordes con su guitarra.
Cuando me ve, sonríe, me coge las manos
y me sienta a su lado. Nos besamos.
Busco un tema de conversación,
porque quiero saber quién es Lluc,
además de ser un chico encantador.

—¿A qué se dedica tu padre?

—A sus cosas —dice molesto—. Trabaja en casa
y de vez en cuando va a la ciudad.

Callamos. Sin embargo, de repente Lluc me coge la mano
y me da un beso.

—Me gustas, María.

—¿Por qué? —quiero saber.

—¿Sabes lo que me llamó la atención de ti
el primer día que te vi?

Niego con la cabeza.

—Tu aire triste. Haces nacer en mí un instinto de protección.
Sufres porque has amado, porque sabes amar.

—Sufro por lo que he perdido.

—La vida es perder y ganar.
Se va una cosa, pero encontramos otra.

Me acaricia el rostro y me besa.

—Así que solo es eso: ¿te doy lástima?

—No. ¡Para nada! También me atraes: ¡estás muy buena!

CAPÍTULO 20

La luz entra por las rendijas de las contraventanas
y me avisa de que ha empezado otro magnífico día de verano.
Me tapo con las sábanas. No quiero levantarme.
Quiero recordar todo lo que viví ayer con Lluc.
Todavía puedo oír sus risas llenas de vida.
Ríe continuamente, y por todo.
Me pregunto si me estoy enamorando de él
o de sus ganas de vivir. No sé.
Ni siquiera sé si estoy realmente enamorada.

Me levanto y me visto sin dejar de pensar en él.
Recuerdo que se peleaba con los botones de mi camisa,
aunque no pasamos de los besos y las caricias,
porque algo me impide, todavía, entregarme por completo.
Sin darme cuenta, los pensamientos me han llevado a David.
Lloro otra vez, pero de forma menos desesperada.

Justo en ese momento mi abuela llama a la puerta
y entra con un zumo de fruta y una sonrisa de oreja a oreja.
Me observa mientras me bebo el zumo, sentada en la cama.

—¿Qué? —pregunta finalmente.

—Nada.

—Volviste tarde.

—Un poco, sí. Lo siento.

—No. Si no importa, niña. ¿Estabas en casa de Lluc?

—Sí.

—¿Y estaba su padre? —dice la abuela.

—¡Abuela! Que soy mayor de edad —le recuerdo.

—No, si yo solo pregunto por saber.

Me lanzo a sus brazos.

—Abuela, iremos poco a poco, ¿vale?

Como respuesta, me besa la punta de la nariz.
Miro por la ventana. ¡Qué fantástico día de verano!

CAPÍTULO 21

Tras el desayuno, salgo al jardín a leer un rato.
He abandonado a Kavafis y he empezado una novela,
pero avanzo despacio porque no me concentro.
No me saco a Lluc de la cabeza.
Al cabo de un rato, me empieza a sonar el móvil. Es mi madre.
Tal y como hacemos últimamente, le cuento las novedades,
aquellas de las que puedo hablarle.
Pero hoy me nota algo en la voz y se resiste a colgar.
Entonces Clara le coge el teléfono y le dice:

—Has agotado el tiempo, cotilla. ¡Ahora me toca a mí!

Las oigo reír y yo también me uno a ellas.

—¡Por fin! ¡Buf, cómo está mamá!
¿Se puede saber qué le has dicho?

—Nada... Me habrá notado un poco más... tranquila.

—María, a ti te pasa algo. ¡Va, explica!

Le digo que no hay nada que contar, pero Clara insiste.

Se hace un silencio.

—Nada, ese chico que te comenté...

—¡Lo sabía! ¿El guapo de la guitarra con esos ojos verdes,
las piernas kilométricas y los brazos musculosos?

—Sí.

Al otro lado del teléfono, Clara ha enloquecido de alegría,
y cuando estoy a punto de decirle que no chille tanto,
veo a Aura plantada en la valla, con la cara desencajada[11].

Le digo a Clara que tengo que colgar y que la llamaré mañana.
Me acerco a Aura y la invito a entrar,
pero ella prefiere ir a dar una vuelta.

Paseamos en silencio por el bosque, siguiendo el curso del río.
Por último, nos sentamos. Aura recoge una piedra
y la arroja al agua, con fuerza.

—Max y yo hemos roto —anuncia, con la mirada perdida.

Y yo me quedo muda, sin saber qué decir.
El silencio se hace largo y tenso.

—Me ha dejado él. Me dijo que os habíais besado —explica,
con voz crispada.

—Aura, yo...

---

11. Con las facciones cambiadas a causa de una emoción fuerte.

Se levanta y empieza a desandar el camino,
pero se detiene cuando le digo:

—No parecía estar enamorado de ti.

Cuando se vuelve, tiene los ojos inundados de lágrimas.
Bajo la cabeza, evitando su mirada.

—Todo iba bien hasta que llegaste tú,
con ese aire de desconsuelo. —Se me encoge el estómago,
pero Aura continúa—:
Me ha dicho que siempre ha estado enamorado de ti.
Ya ves, he sido un segundo plato.

—No digas eso.

Aura se acerca y se sitúa frente a mí:

—¿Pero por qué le besaste? No estás enamorada de él.
Le estás haciendo sufrir.

¿Cómo puedo contárselo? Soy incapaz de romper el silencio.
Ella, harta de esperar la explicación que ha venido a buscar,
se va sin despedirse siquiera.
Y yo me quedo hundida
en un sentimiento de culpabilidad enorme.

CAPÍTULO 22

Pasado un buen rato, me levanto y vuelvo a casa.
Decido que ya es hora de hablar con Max.
Concentrada en mis pensamientos,
no me doy cuenta de que el cielo se está cubriendo de nubes.

En casa no hay nadie. La abuela habrá salido a comprar.
Subo a mi habitación. La ventana está abierta
y entra un aire fresco que anuncia lluvia.
De repente, miles de gotas empiezan a caer.
Bajo las escaleras corriendo y salgo de casa.

La tormenta estalla con fuerza y dejo que me moje,
que me saque la pena, la culpabilidad, las dudas...
Levanto las manos hacia el cielo
y empiezo a dar vueltas como una peonza.

Entonces oigo que un coche se acerca y se detiene. Es Max.
Subo a su furgoneta y conduce, en silencio.
No sé qué decir. Me siento culpable y enfadada con él.
Finalmente, es Max quien habla:

—Lo siento. No debería haberte metido en esto —se disculpa.

—No.

—Estaba enamorado de ti, y, cuando volví a verte,
supe que lo que tenía con Aura no iba a ninguna parte.

Respiro hondo. No me gusta tener que decírselo,
pero tengo que hacerlo:

—Yo no te quiero, Max.

—Pero ese beso...

No puedo explicarle que no se lo di a él, sino a David.

—Me equivoqué. Me sentía sola. Perdona.

La lluvia sigue cayendo con fuerza.

—Llévame a casa, por favor. Me estoy enfriando.

Cuando llegamos, bajo de la furgoneta y camino bajo la lluvia.
Entonces veo a alguien que viene corriendo hacia mí:

—¡Lluc! —grito.

Corriendo y chapoteando, llego hasta él.
Nos abrazamos con fuerza y nos besamos.

Cuando finalmente nos dirigimos a casa,
me doy cuenta de que la furgoneta no se ha movido de sitio.

CAPÍTULO 23

Estoy desayunando cuando suena el móvil. Es Max.
El teléfono sigue sonando, mientras yo lo recuerdo en la furgoneta.
Seguro que vio cómo Lluc y yo nos comíamos a besos.

—¿No lo coges, niña? —me pregunta la abuela.

—Es publicidad —respondo, improvisando una excusa.

Hago la cama y me tumbo. Pienso en Lluc,
a quien no veré hasta el anochecer
porque de día ayuda a su padre.
Lluc quiere estudiar música el próximo curso.
Cuando murió su madre, dejó sus estudios.
Pasó un par de años sin hacer nada,
pero ha ido encontrando su camino y sus ganas de vivir.

Pienso que quizá a mí me ocurra lo mismo.
Quizás, poco a poco, también encontraré mi camino
e incluso la alegría que se fue con David.
Mientras pienso en todo esto, siento un frenazo brusco
y un motor que se detiene. Miro por la ventana. ¡¿Max?!

Bajo los escalones de dos en dos
y, antes de que la abuela le haga entrar,
lo arrastro hasta el jardín.

—Max, esto debe acabar.

Nos quedamos un rato callados
hasta que, al fin, se decide a hablar:

—Ya sé que estás con Lluc. Me quedó claro ayer.

La desesperación se va apoderando de él.
Se sienta en el suelo y esconde la cabeza entre las manos, llorando.
Noto cómo me invade el sentimiento de culpa.
Me siento a su lado y apoyo las manos en sus brazos.
Le paso una mano por el pelo y le susurro palabras de consuelo,
que le calman un poco.
Me acerco para darle un beso en la mejilla.
Un beso de amiga. Y es entonces cuando oigo otra voz,
llena de rabia:

—¿Cómo has podido hacerlo?

Max y yo levantamos la mirada. Lluc nos está observando.
La alegría de su rostro ha desaparecido por completo.
Me levanto y corro hacia él. Intento cogerle la mano,
pero me la rechaza. Y se va.

Una avalancha de sentimientos enfrentados me invade
y la voz me tiembla cuando lo llamo:

—Lluc...

TERCERA PARTE

EMPEZANDO A VIVIR

CAPÍTULO 24

Por la noche, salgo al jardín y me siento en el banco.
«¿Qué tipo de persona soy?», pienso.
Vengo aquí a buscar paz y, cuando empiezo a conseguirlo,
lo estropeo todo.

Estoy tan absorta en mis pensamientos
que no me doy cuenta de que la abuela se ha sentado a mi lado.
Pego un bote cuando coloca su mano cálida sobre la mía.
Me sonríe y me acurruco sobre su pecho.
Pasamos así mucho rato, en silencio.

—¿Qué ha pasado? —pregunta finalmente.

—Es Lluc, abuela. Se piensa que...
Él también se ha ido de mi lado.
Y Max está fatal por mi culpa. Lo he estropeado todo.

—Cuando dos almas se hablan con sinceridad,
nada puede estropearlo...

Sus palabras son como el remedio que lo cura todo.
Me doy cuenta de que Lluc es muy importante para mí
y no quiero perderlo también. ¿Pero qué puedo hacer?
Había tanta rabia en sus ojos.
Estoy agotada. Mañana será un nuevo día.
Mañana iré a hablar con él.

CAPÍTULO 25

«Mañana» ya ha llegado.
No me imagino un nuevo día sin ver a Lluc,
sin oír su voz... Una voz que me hace soñar.
Así que me visto, desayuno
y me despido de la abuela con un beso.

Subo el camino hacia casa de Lluc,
y pienso en todo lo que le diré.
Luego respiro profundamente, para calmar los nervios.
En cuanto llego, frente su casa veo a un hombre alto y delgado.
Es como ver a Lluc con 30 años más.
Me acerco hasta donde está el padre de Lluc.

—Buenos días —saludo con voz temblorosa.

—¡Vaya! Tú debes de ser María, ¿verdad? La de la canción.

—¿Perdone?

—Tienes a mi chico muy enamorado.
No para de cantarla, y cuando le pregunté quién era María,
él, que nunca me cuenta nada, me dijo: «Mi novia».
Nunca le había visto así.

El padre de Lluc se acerca a mí y me tiende la mano:

—Encantado de conocerte, María.

Le doy la mano y me sonríe. Por fin, reacciono:

—¿Está Lluc? Quería hablar con él.

—Pues no. Ayer se fue a la ciudad, a casa de un amigo.
Volverá por la tarde, que hoy habrá una gran fiesta en el local.

No me salen las palabras,
así que doy media vuelta y emprendo el camino de regreso.
Escucho un «adiós» a mi espalda
y levanto la mano a modo de despedida.
No quiero que se dé cuenta de mis lágrimas.

No creo que la abuela sepa nada de la fiesta,
pero cuando llego a casa se lo pregunto.

—Claro. Esta semana es la Fiesta Mayor.
¿No te había dicho nada Lluc?

De repente, adivino qué habría pasado
si Lluc no me hubiera visto con Max.
Era una sorpresa. Quería llevarme a la fiesta
y cantarme esa canción que había compuesto para mí.
Pero todo son suposiciones. Solo hay una realidad:
habrá una fiesta en el local y Lluc estará allí.
Así que decido no dejar pasar la ocasión.
Llevo una hora encerrada en el lavabo.
Me he bañado, perfumado y maquillado.
Y me he hecho un moño despeinado. A David le encantaba.

Bajo para despedirme de la abuela y de la señora Encarna, que ha venido a echar una partida.

Al verme, la señora Encarna exclama:

—Estás... ¡guapísima!

La abuela se levanta y me hace dar una vuelta.
Me mira y dice:

—¿Qué te creías, Encarna?
Tengo la nieta más guapa del mundo.

La abuela me aprieta las manos.
No le sale ni una palabra más, pero sus ojos me dicen:
«Adelante, niña, tú puedes».
Y me voy hacia el local.

CAPÍTULO 26

A las 11, cuando entro en el local, la música está a todo volumen
y ya hay bastante gente. Noto todas las miradas clavadas en mí
y un escalofrío me recorre el cuerpo.
Supongo que Aura ha hecho correr mi historia con Max,
a quien no veo por ninguna parte. Lluc tampoco está.

Tomo un refresco y clavo los ojos en la puerta.
Siento que el corazón se me acelera cada vez que se abre,
pero dan las 12 y Lluc aún no ha aparecido.

Al poco, entra Aura y nuestras miradas se cruzan.
Ella sacude la cabeza, como si dijera: «Y tú, ¿qué haces aquí?»,
pero después me ignora.
A las 2, Lluc todavía no ha venido
y yo empiezo a perder la esperanza.
Entonces entra Elena, más espectacular que nunca.
De manera inconsciente, me encojo para que no me vea,
pero es inútil.
Se acerca y empieza a andar en círculos a mi alrededor. Está fatal.
Por último, se detiene frente a mí y me dice:

—¿Esperas a tu príncipe azul? No te canses, guapa.
Vengo de su casa. Hemos pasado un buen rato
y no tenía ganas de levantarse de la cama.

Sus palabras me han atravesado el corazón y salgo corriendo.
Solo he dado unos pasos cuando una voz me llama. Es Aura.
Se acerca y me dice:

—No te creas ni una palabra.

Murmuro un «gracias» y me voy.
Paso por la plaza, donde todo es fiesta y alegría.
Corro hacia casa y marco un número en el móvil
sin importarme que sean las 3 de la mañana.

—¿Diga?

—Clara... Ven

CAPÍTULO 27

He quedado con Clara en la estación de tren.
Almorzaremos y volveremos al pueblo
con el último autobús.

Cuando la veo, noto como si se me hinchara el corazón.
Nos abrazamos como si hiciera años que no nos vemos.
Buscamos una pizzería y, sentadas una frente a otra,
empezamos a hablar:

—Así que lo vuestro iba en serio. Más de lo que pensabas.

—Sí. Estaba llena de dudas.
Pensaba que volver a enamorarme era engañar a David,
pero cuando Lluc se ha ido...
me he dado cuenta de que me estaba enamorando de verdad.

Clara mastica lentamente un buen trozo de pizza.
Y al final dice:

—Lo que ha ocurrido ha sido una tontería.
Bueno, es que no ha pasado nada y él debe saberlo.

—Pero no me ha dado ni una oportunidad. Me evita.

—Pues habrá que ponerle remedio, ¿no crees?

Me encojo de hombros, dudando.

—No puedes dejarle escapar, María.

Levanto los ojos y miro a mi hermana.
Tiene 17 años, pero hoy parece mayor que yo.

—Te veo tan madura. Has cambiado... —le digo.

—*Pse*... —dice ella, con los ojos iluminados.

—¡Tú estás enamorada!

Clara me mira de reojo y, de repente, se echa a reír.

—¿Tanto se me nota? —pregunta, riendo.
Y me contagia su risa—.Pues sí. Estoy en una nube...
Tienes razón, estoy enamorada...
Solo bajo de la nube cuando mi hermana me llama
a las tres de la madrugada y me pide ayuda.

Me pongo roja como un tomate.

—María, ¿te das cuenta? Vuelves a ser tú.
Has recuperado la capacidad de amar.

—¿Quieres decir que David ha quedado atrás?

—No. David se quedará en tu corazón para siempre,
pero tú sigues viva y mereces ser feliz.
Y debemos hacer algo
para que se le pase el ataque de celos a Lluc.

Clara me hace reír. Me siento bien.

CAPÍTULO 28

Clara tiene un plan e insiste en que no puede fallar.

Ambas estamos tumbadas en mi cama. Son las 10 de la noche.
Nos hemos pasado el rato comiendo gominolas y caramelos.
Mientras se mete otra nube en la boca, dice:

—Es muy sencillo. Lluc no quiere verte, ¿verdad?
Pero a mí no me conoce.

—¿No pretenderás hablar tú con él, verdad? —contesto asustada.
Me parece la peor idea del mundo.

—¡Calla y escucha!

Lo hago y me explica todos los detalles.
Cuando termina, me quedo muda.
Es un plan sencillo, pero... no sé lo que puede pasar.

—¿Qué crees? —me pregunta.

—No sé, Clara. ¿Pero y si...?

—No hay peros que valgan.

Así que, al día siguiente por la mañana, sigo a mi hermana
como una zombi rumbo a casa de Lluc.
Cada vez dudo más que sea una buena idea.

Vemos que las ventanas están abiertas y oímos voces.
Una es la de Lluc y me da un vuelco el corazón.
Él y su padre están discutiendo,
pero no se entiende lo que dicen.

Clara me arrastra hasta una pared lateral,
donde nos escondemos.
De repente, ella sale corriendo hacia la puerta.
Me pilla tan de improviso que no tengo tiempo de detenerla.

Llama al timbre y el padre de Lluc abre la puerta.

—Hola. ¿Está Lluc? —pregunta Clara, con total naturalidad.

—¿Quién es? —pregunta Lluc desde el interior.

—Una chica —contesta su padre.

—¿Qué chica?

—No es «la tuya» —dice su padre.

Oigo los pasos de Lluc y el corazón se me acelera.

—Hola —saluda Lluc con voz melosa.

—Hola. ¿Eres Lluc Ojos Verdes?

—Os dejo —se despide su padre.

—Y tú..., ¿quién eres?

—Soy la hermana de María
—dice, y de repente se pone a gritar—:
¡María, sal, que Lluc está en la puerta!

Salgo de mi escondite, más roja que un tomate.
Solo tengo un pensamiento:
«¿Cómo he podido dejarme convencer?».

Cuando Lluc me ve, recupera la rabia:

—¿Cómo se te ocurre? ¿Cómo me puedes hacer esto?

—Yo...

No sé qué decir.
Lo observo, buscando su mirada verde y dulce, pero no está.
Solo veo tristeza en sus ojos.

Estoy bloqueada y no sé qué decir.
Me pongo a llorar y me voy corriendo.
Clara me sigue. Cuando me atrapa, me abraza.

—Perdona, María. No ha sido una buena idea.

Lloro desconsoladamente sobre su hombro,
y entonces pasa una furgoneta como la de Max

CAPÍTULO 29

Malvivo cada segundo de ese día.
Me he saltado el almuerzo, la merienda y, ahora, la cena.
Me encuentro mal y le pido a Clara que me deje descansar.
Ella, obediente, se va con la abuela.

Me duelen los ojos de tanto llorar,
y no paro de hacerme la misma pregunta:
«¿Por qué no le dije que le quiero
y que no hay nadie más?».
Pienso que todo me sale mal desde que David se fue.
Y es que… ¿por qué se fue? ¿Por qué?

Busco la foto que tengo escondida bajo la almohada,
pero no está.
El corazón me da un vuelco.
Lanzo la almohada contra la pared
y revuelvo las sábanas hasta que oigo una voz:

—No la busques. No la encontrarás.

Es Clara.

—¿Qué has hecho? ¡No tienes derecho!

—La he guardado para ponerla en un marco.
Es demasiado bonita para tenerla escondida, ¿no crees?
Te la quería regalar para tu cumpleaños.

Me lanzo a los brazos de mi hermana y rompo a llorar.

—Vete Clara. Ve a divertirte con tu novio.
No debes aguantar todo esto.

—¿Pero tú estás loca?

—Creo que sí...

CAPÍTULO 30

Clara dice que no se irá sin mí.
Así que después de una semana terrible,
decido que la estancia en el pueblo ha terminado.
Clara llama a mamá,
y nuestros padres nos vienen a buscar al día siguiente.

Mientras mamá me llena de besos y de abrazos,
papá habla bajito con la abuela en la cocina.
Debe de estar pidiéndole el informe completo,
pero, conociéndola, la abuela le explicará lo que ella quiera.

Desayunamos juntos
y después papá carga el equipaje en el coche
mientras la abuela y yo intentamos despedirnos.
Intento buscar en sus ojos el valor que me falta
para decirle adiós.
Ella me abraza fuerte y me susurra al oído:

—No te rindas, niña.

Me suelta y se despide con la mano y una sonrisa inmensa.
Sé que cuando el coche haya desaparecido de su vista
derramará todas las lágrimas que ahora contiene.

Subimos al coche, que finalmente arranca.
Han sido demasiadas despedidas en poco tiempo,
pero hay una que ha quedado pendiente.
Saco el móvil y le escribo un mensaje a Aura:

«Lo siento. No quería hacerte daño».

Pulso el botón de enviar y cierro los ojos.
¿Por qué lo he hecho? Sé que no me responderá,
porque este verano también ha puesto fin a nuestra amistad.
Pero, cuando estoy a punto de guardar el móvil, suena.
Es la respuesta de Aura:

«No tienes la culpa de nada. Sé feliz. Nos vemos».

Clara, atenta a cada uno de mis gestos, aprieta fuerte mi mano.
Al salir del pueblo, apoyo la cabeza en la ventanilla
para contemplar este paisaje que no sé cuándo volveré a ver.

CAPÍTULO 31

Es sábado. Clara y yo hemos ido al cine.
Al salir, nos tomamos unas cervezas y vamos a casa.
Nuestros padres no están
porque se han ido a pasar el fin de semana fuera,
así que decidimos dormir juntas en su habitación,
donde la cama es más grande.
Como no tenemos sueño, vamos hablando de nuestras cosas.
De repente, unas gotitas empiezan a picar contra las persianas.

—Lluvia de otoño —dice Clara—. Dentro de...

Calla y yo cierro los ojos.

—Dentro de poco hará un año del accidente —digo.

—Sí.

—Y hace ya un mes que no veo a Lluc... —suspiro.

—¡Eh! No te pongas sentimental.

Clara se levanta y vuelve con cuatro botellitas
llenas de diferentes bebidas alcohólicas de todo el mundo.
Son de una colección de nuestro padre.

—Clara... ¿No estarás pensando en bebértelas, no?
Papá nos matará.

—¡Pero si tiene un montón! —exclama ella—.
¿Cómo quieres que eche de menos cuatro?

—¡Pero nos pillaremos un pedo[12]!

—¿Qué dices? Si son muy pequeñas.

Clara me acerca una de vodka ruso.
Lo pruebo y me viene un ataque de tos.
Al cabo de una hora, hay más de cuatro botellitas vacías encima de la cama.
Llevamos un pedo descomunal y nos reímos por todo:

—Te acuerdas de cuando toqué el... esto...,
¿cómo se llama? —pregunta Clara.

—El timbre.

—¿Y salió Lluc? —ríe.

—Fue muy mala idea, Clara... —digo, moviendo la cabeza.

—¡Que no! Pero, ¡espera, que tengo una mejor!
¿Por qué no hacemos una sesión de psico... de psico... delia?

12. Frase hecha que significa emborracharse.

—¿De qué? —pregunto, partiéndome de risa.

—Pues eso. Hagamos ver que yo soy la psicóloga
y tú escribes lo que te gustaría decirle a Ojos Verdes.
Así te desahogas.

—Eso no es psicodelia —rio—. Es... psicoanálisis.

—Bueno, como se llame.

—Uy, no. Qué palo, Clara.

—Pues ya escribo yo.

Sé que no va a parar en toda la noche,
porque cuando se le mete algo en la cabeza
es imposible hacerle cambiar de opinión.

—De acueeeeerdo... —accedo al final,
esperando que después me deje tranquila.

—Espera, que cojo papel y lápiz —dice, animada—.
Va, ¡empieza!

—Querido Lluc... Aunque eres orgulloso
y no me dejas decirte que entre Max y yo no hay nada...

—¡Espera, no corras tanto!

—...en tus ojos leo que todavía me quieres.

Clara escribe a toda velocidad.

—Eso te ha quedado muy guay.

—Me quieres, y me he dado cuenta de que yo también te quiero.
Creía que eras una distracción para no pensar en David,
pero, cuando desapareciste,
la alegría que empezaba a sentir también se fue.

CAPÍTULO 32

El lunes por la mañana, salgo de casa para ir a la universidad,
he vuelto a empezar Educación Infantil.
El año pasado perdí el curso
porque solo asistí a clase unas pocas semanas.

Estoy de mal humor.
Todavía tengo la cabeza embotada por la resaca
y, además, cae esa llovizna fina y resbaladiza
que odiaré siempre.
Llego tarde a la primera clase y voy a la cafetería,
que a esa hora está bastante vacía.
No hay ninguna cara conocida.
Pido un café con leche
y repaso los apuntes de la siguiente clase:
los fundamentos de la psicología infantil.

Cuando me levanto para ir a pagar, me suena el móvil.
Lo cojo, pero aparece el aviso de «batería baja» y se apaga.
Tampoco pasa nada, al fin y al cabo,
no espero ninguna llamada importante
y, además, no tengo ganas de hablar con nadie.

A las dos, cuando acabo las clases, voy a la biblioteca
para leer un artículo que nos ha recomendado un profesor.
Al cabo de un rato, noto una presencia a mi espalda.

Me giro y me encuentro con unos ojos verdes,
dulces y sonrientes.

—Hola —me saluda con esa voz cálida y suave
que mi memoria se ha negado a olvidar—.
Te he estado llamando toda la mañana.

CAPÍTULO 33

Me siento feliz paseando por la ciudad
mientras Lluc rodea mi cintura con su brazo.
Ha dejado de llover y caminamos sonrientes.
Yo, de vez en cuando, levanto los ojos hacia él
para comprobar que no se trata de un sueño.

Entramos a un bar para comer.
Pedimos unos bocadillos y unos refrescos,
y, de repente, Lluc se pone serio:

—Me sabe mal, María.
Tendría que haberte dado una oportunidad.

—Yo...

Lluc le da un enorme mordisco al bocadillo
y yo también aprovecho para comer.

—No hace falta que me digas nada. Lo sé todo —sigue.

Me viene a la cabeza la furgoneta de Max pasando por nuestro lado
el día en que a mi hermana se le ocurrió hacer de mediadora.

—¿Te lo explicó Max? —le pregunto sorprendida.

—Lo intentó.

Da un trago al refresco. No entiendo nada.

—¿Qué quieres decir? —le pregunto.

—Max vino a contarme
que no había nada entre tú y él, pero no pudo.

—¿Por qué?

—Pues... porque cuando abrí la puerta y lo vi,
le pegué un puñetazo.

Necesito unos minutos para recuperarme de la sorpresa.

—¡Lluc! —casi le grito—. Pero no le hiciste daño, ¿verdad?

—No. Max está más fuerte que yo.
Fue como pegarle a una pared de cemento.

—No tienes remedio...

Hacemos una pausa para comer el bocadillo,
sin dejar de mirarnos.

—Pero si no te lo dijo Max, ¿cómo lo sabes?

Busca algo en el bolsillo.
Lo encuentra y lo deja sobre la mesa.

Es un papel arrugado. Lo despliego y leo:

«Querido Lluc... Aunque eres orgulloso
y no me dejas decirte que entre Max y yo no hay nada...».

Me quedo estupefacta.

—Es una guapada de carta, princesa.
¡No te imaginas cómo me he puesto cuando la he leído!

—Pero... ¡¿cómo?!

Lluc se limpia los labios con una servilleta,
inclina la botella y le da un trago.

—¿Cómo... qué?

—¿Cómo es que la tienes tú? —le pregunto.

—Pues hoy han llamado a la puerta de...

—¿En el pueblo?

—No. Ahora vivo aquí. Estudio...

—¡Ve al grano! —le pido con urgencia.

—Esta mañana se ha presentado tu hermana,
me ha llamado burro y no sé cuántas cosas más, y me la ha dado.
Luego me ha escrito tu móvil en un papel y se ha ido.

—Pero... ¿y ella cómo te ha encontrado?

—No te imaginas cuántas cosas sabe tu hermana.

—Ya lo veo...

—Después he leído la carta unas 1.000 veces
y he empezado a llamarte como un loco.

—Me he quedado sin batería...

—Como uno de mis compañeros de piso es también del pueblo
y conoce a Clara, sabía vuestra dirección.

—¿Has ido a mi casa?

—Claro. No podía dejarte escapar.

Entierro la cara entre las manos, imaginándome la escena.

—He encontrado a una señora muy guapa y elegante...

—Mi madre... —digo desde mi escondite.

—Me ha dicho que a estas horas estabas en la universidad,
y he recorrido tu facultad, aula por aula,
hasta que por fin he encontrado a mi princesa en la biblioteca,
leyendo, como si esperara a su príncipe azul.

CAPÍTULO 34

Lluc y yo hemos esperado hasta la última hora de la tarde para ir al cementerio. Hoy hace un año del accidente.

Me acerco a la tumba de David
y dejo sobre ella un ramo de rosas amarillas, nuestras flores.
Lluc, respetuoso, se ha quedado unos pasos atrás.

—David, por fin he entendido que te has ido para siempre.
También sé que te querré el resto de mi vida,
pero lo único que puedo hacer es recordarte
y vivir como tú habrías querido que viviera: con alegría.

Le envío un beso a David y se me humedecen los ojos.
Necesito sentir el apoyo de los brazos de Lluc,
que me pasa un dedo por la mejilla,
y cierro los ojos para sentir aquella caricia tan dulce.

Cuando ya estamos a punto de salir, Lluc dice:

—Espérame un momento.

Veo que camina en dirección hacia el nicho.
Coge una rosa amarilla y le da un beso.
Murmura unas palabras, pero el viento las conduce hasta mí:

—La cuidaré muchísimo. No te preocupes, colega.

Y TÚ, ¿QUÉ OPINAS?

1. María, de pequeña, veraneaba en el pueblo de sus abuelos,
y de mayor, en un apartamento en la playa.
Y tú, ¿qué sueles hacer durante las vacaciones de verano?
¿A dónde prefieres ir: a la playa o a la montaña? ¿Por qué?

2. Cuando María pasaba los veranos en el pueblo de sus abuelos,
tenía un grupo de amigos con los que siempre jugaba,
pero cuando empezó a veranear en la costa, perdió el contacto.
¿Tienes amigos a los que hace tiempo que no ves? ¿Por qué?
¿Crees que los amigos de ahora pueden dejar de serlo algún día?
¿La amistad es importante para ti? ¿Por qué?

3. María pierde a su novio en un accidente de coche
y busca refugio en casa de su abuela.
¿Cómo se puede ayudar a alguien
que ha perdido a un ser querido?
¿Qué haces cuando tienes un problema? ¿Con quién hablas?
¿Tus abuelos son importantes para ti? ¿Los ves a menudo?

4. María tiene 19 años y recuerda, con añoranza,
los años de niñez y las actividades
con las que se divertía de pequeña,
como ir en bici o contar nubes.
Y a ti, ¿hay cosas que te gustaba hacer de pequeño
pero que has dejado de hacer con el paso del tiempo?
¿Qué significa para ti hacerse mayor?

5. María se aísla del mundo leyendo poesía y escuchando música.
   Y a ti, ¿te gusta leer? ¿Lees habitualmente?
   ¿Siempre escuchas el mismo tipo de música?
   ¿Cuándo acostumbras a escucharla?
   ¿Crees que la literatura y la música pueden ayudarnos en momentos difíciles? ¿Cómo?

6. María y su hermana están muy unidas.
   ¿Tienes hermanos? ¿Qué relación tienes con ellos?
   ¿Con qué miembro de tu familia te llevas mejor? ¿Por qué?

7. María conoce a Lluc, que es muy diferente a su primer novio, y se vuelve a enamorar.
   ¿Te has enamorado alguna vez? ¿Qué has sentido?
   ¿Qué te ha atraído de la otra persona?
   ¿Crees que puedes enamorarte del mismo modo de dos personas muy diferentes?

8. María estudia Educación Infantil.
   Y a ti, ¿qué te gustaría ser de mayor?
   ¿Te gusta hacer planes de futuro?
   ¿Crees que son importantes?
   ¿Cuáles tienes?

9. A María no le gustan los días de lluvia fina
porque le recuerdan a la noche del accidente de coche
en el que perdió a su primer novio.
¿Hay algo que no te gusta porque te trae malos recuerdos?
¿Qué es?

10. María pasa por un estado de luto,
pero acaba entendiendo que es joven,
que la vida continúa y que debe vivirla.
Y eso no significa olvidar a su primer novio.
¿Has perdido a alguna persona querida?
¿Piensas mucho en ella?
¿Estás de acuerdo con la frase «El tiempo lo cura todo»?
¿Has vivido alguna situación difícil de superar? ¿Cuál?
¿Qué has hecho para superarla?

Made in the USA
Monee, IL
12 September 2026

62988807R00081